八《や》十《そ》路《じ》をうたう

詩集　おだ じろう

土曜美術社出版販売

詩集　八十路《やそじ》をうたう＊目次

＊

詩集　八十路をうたう

*

二〇二二年八月十四日の日記から

七十七年前の今日
一九四五年八月十四日　夏の昼ごろ
ラジオが
「明日は重大放送がありますので
　かならずラジオの前で
　正座してください……」と
こんな放送をしたと思う

当時国民学校五年の私の記憶はやや不確かだが

何日か前にヒロシマとナガサキに
「マッチ箱一つで戦艦を三千メートルも
吹っ飛ばす新型爆弾が落とされた」
という噂が
どこからともなく流れた翌日の
「八月十五日」正午ごろ
〝空襲〟〝警戒〟など警報のサイレンもなく
ふと時間が止まったようなひと時

チンフカクセカイノタイセイト
テイコクノゲンジョウトニカンガミ
ヒジョウノソチヲモッテ
ジキョククヲシュウシュウセムトホッシ
……

太い竹筒に口も鼻も突っ込んで喋る
鼻に掛かったような音声がラジオから
流れてきたことをはっきりと記憶する

当時　周辺の家で
ラジオを備える家は多くなかったため
近所の大人たちが座ってこの声を聞いていたが
特に感想を言うこともなく黙って帰っていった

しかしその日の夕刻
母が北の空を指差して
「ああ　戦争が終った　勝った　勝った……」と
大声で叫んでいたのだ

その方角の空を見上げると
太刀洗飛行場から飛び立った
複葉（二枚翼《ばね》）の練習機「赤とんぼ」数機が
左右の翼を上下に大きく振りながら
低空でこちらに向かって翔んでくるのを見て
「飛行士が戦勝の喜びを顕している」とでも
母は思ったのだろう……

今思えば空襲警報下で慄《おのの》いてきた
あの戦争が終ったことが一番で
母は「勝ったか」「負けたか」は
問題外だったのかもしれない

夏休みが終った後の九月二日

二学期の始業式の後
組主任の水城先生は

黒板に
「封建主義」
「民主主義」と

大きく白墨で書いて
戦争が終った意味を教えてくれた

そして
まもなく「修身」「国語」などの
教科書の各所に
習字の時に使う硯石に墨をすり

筆であちらこちらにべったりと
真っ黒に塗りつけた

転ぶ

久しぶりの春の暖気に誘われ　例のコースを
両手に杖をつきとぼとぼ歩いている
ノルディックポール・ウォーキング*

田植えが近まれば稲田の灌漑用水溝の土手に
濃い緑の葉と茎の先端に鮮やかな紫の
小花をつけた野草の群生

菫とも露草とも思えない

何処かしぶとい雰囲気
その名称や種類を植物図鑑で調べてみようと
二本の杖を両手首に固定したまま
膝を曲げ屈み込み　ポケットから
ガラケーをつまみ出し「写真を撮る」を選び
カメラを草花に近づけると
不意に身体のバランスを失い前にのめり
地べたに寝そべってしまった

大の男がなんとも無様な格好で
公道に寝転んでいるか……と恥ずかしく
慌ててガラケーをポケットに押し込み
杖を路面に突きたて起き上がろうとしたが
なんと　己の体重を持ち上げきれずに

道端でもがくばかりの
悪戦苦闘していると

間もなく後方に止まった車から
人が近寄って来て「大丈夫ですか……」と
女性が声かけてくる……そして
「貴方も早く来て起こしてあげて」と
車の中に呼びかけている
男性が出てきて二人は
私の両肩を支え立ち上がらせてくれた

へたりこんでいる私は
「アリガトウ　アリガトウ」と
叫ぶばかり

＊

左右両手に杖を一本ずつ握って歩く

「俊太郎」と「龍太郎」

初夏の風を孕む四月末のある日
散歩の途中ふと顔をあげると
道路右側のコンクリート擁壁に守られた
二階建て家屋の庭に立っている
五～六メートルのポールが三本

その中の一本には二尾の鯉が吹き流しとともに
緩やかな風を受けて泳いでおり
その隣に　はためいている二竿の幟旗《のぼりばた》には

それぞれ
「俊太郎」
「龍太郎」
と　二人の名前が墨染めで大書してある

今　五百余戸のこの住宅団地には
鯉幟を揚げている家は殆ど見当たらない
三十年ほど前にこの団地に住み着いた当時
二～三年間は小学生の登・下校の姿を見守り
立ち番をしていた頃この町内には
三～四十名ほどの学童を数えていたように思うが
今は町内の公園やグラウンドで戯れる
こどもの姿を見るのはマレ
この校区の小学校では一学年二クラスだったが

今は一クラスになっている学年も

自宅周辺を見回せば
道を挟んだ西隣には老母の死後
五十代？　の独身男性が一人
裏側には両親が死後の空き家に出戻り娘が一人
前は八十過ぎの老婆が一昨年死後は空き家
東隣には老婆と孫娘の二人が住んでいる
共に八十路の我が家とて似たようなもの

福岡と北九州の中間の田園に囲まれた
住宅団地で構成するこの都市・宗像は
今後市人口十万超は望むべくもなさそう

あの夢膨らむ幟旗の
「俊太郎」「龍太郎」君を育てる
ご一家には未だに面識の機会はなく
想像すれば二人のお子は
双生児《ふたご》ではないかしら?……と

いつの日か　あの子達のご両親に
まみえる時あらば
是非それをお尋ねしたい
そして　その二人のお子たちの明るく
豊かな未来を祈願する
「その想い」を
お伝えしたいものだ

私は　うたっている

少年時代のこと

女学校時代に覚えた
「ローレライ」を炊事場でハミングする母に
大百姓だった八十路の祖母《ばば》しゃまは
顔を顰めた
祖母の歌は「浪花節」か「軍歌」だった

国民学校一年生の時
放課後女先生がボクに「学芸会で歌って」と勧め

「♪デタデタ月が……」と　練習のため
放課後の講堂の演壇に独り立って
ピアノの伴奏に合わせ歌い始めると
髭の教頭先生に怖い眼で睨まれ
声が出なくなった
（大東亜戦争）が激化・拡大していた時代

戦争の少年期から高卒後の青年期
「俺は声を鍛えて歌をうたうのだ」と意を固め
早朝の新聞配達　燃料店員　紙卸店員をやり
その間週一回通ったF教大教授の歌唱レッスン
そしてH大音楽科に入学三ヵ月後に
学生寮で喀血し
帰郷の列車からは跳び降りも出来ず

帰宅時の父・母の落胆した顔を忘れない
『生きる意味はない』と呟きながら
布団に横たわり家族に見守られ二年余り
悶々の想いをノートに刻み始め　それらは
いつの間にか「詩？」と思えるものに変異
月刊療養雑誌の詩・文芸欄のトップに掲載された
この日「詩で己の想いを《うたう》のだ」と……
その後兄嫁が看護師を勤める大病院に入院し
左肺上葉と肋骨五本を切り取られたが
残すのだ
「心の歌……詩を！」

床離れして約六十年

新・自由主義経済社会の荒海を
ミシン販売を二年　さらに
繊維衣料品業界新聞で取材、記事執筆
広告勧誘　部数拡販などで
三十四年

六十歳定年後も日記の中に詩を書き
「福岡詩人会議・筑紫野」「詩と思想」などの
同人や合評会「はてなの会」の仲間とともに
詩を「うたう」時を刻んできた
今　八十七歳　声は滅んだが

私は
詩をうたっている

ありありと思い浮かべる

すでにあの世へ逝った
父・母　兄弟や姉たちはあの世から
今　この私をだまって見ているのだろうか

四十二年前のあの頃の日々
私は　他郷で仕事に振り回されていたころ
子宮や肺をがんに侵され
久留米大学病院に入院中の母を
妻を伴い何年ぶりかで見舞った時

「あんたは　あたしがここにおることを
忘れちゃならんバイ」と言った時の
あの厳しい顔を忘れてはいない

その後母が七十二歳で死期に入り
末期療養のために転院していた太刀洗病院へ行き
見舞いのつもりで差し出した
瓶詰めのアルコール漬け雲丹を一口舐めた母が

「しみる……　舌《べろ》がヒリヒリする……」

と　顔をしかめて情けない顔をした
母の口中は炎症し爛れ果てていたのだ

このことを後日
「ああ　何故獲れたての生雲丹にしなかったか……」
と己を悔いた

母の臨終の直後　胸部を解剖した執刀医に
がんに侵された灰色の肺腑の切片を見せられた

母の病状をつまびらかに理解していなかった
そのころの己の未熟を
ありありと思い浮かべる
米寿を超えた今……

不安と無情……線状降水帯

今夏
列島全域にわたり各地で頻発する
「線状降水帯」下の地域の豪雨情報は
一九五三年（昭和二十八年）の
筑後川（別名・筑紫次郎）大水害の
記憶を呼び起こす

阿蘇山麓・九重山系を水源として
大分・日田などの山地の上流から

福岡県の筑前　筑後　久留米や柳川を貫き
有明海に注ぐ九州最大の大河・筑紫次郎の流域では
あの年六月下旬の降雨量は二～三日で七～八百ミリ
盛り上がる筑後川の濁流は堤防を
見る間に超え溢れ　各所を寸断し
九州最大の穀倉地帯筑紫平野を
茶色の海に変え

筑後の我が家では畳を机やテーブルの上に積み上げ
家族みんなで濁流が溢れ始める水田の細道を走り
小高い地区にある小学校に避難した
当時　音楽教師だった次兄が
洪水に脅える家族の気分を癒すつもりか
母校の講堂に置いてあるオルガンを

がんがん弾いていた

水が退いて家に帰り

父の先代が養蚕部屋に使っていた座敷の床下の
暖炉孔に流れ込んだアド《泥》を
掻き出していた長兄を
当時私は胃潰瘍で胃を斬り取られ
痩せこけて生きる行方《ゆくえ》を見失い
ただ見ているだけの十九歳の自分の
哀れだった姿を
今　寒々と思い出す

征伐

♪天に代わりて不義を打つ……
♪敵は幾万ありとても……
♪勝ってくるぞと勇ましく……

子供の時期に歌わされた幾多の軍歌
思えば吐き気を催す歌詞を
ふと口にすると今　生きている己への嫌悪が
全身の血管を凍結させ直ぐにもこの老い果てた身を
死体焼却炉へ投げ込まれそう

（こんな歌詞を作った奴はいったい誰？）

数日前にラジオが佐賀県唐津市の
名護屋城址に絡むエピソードを朗らかに喋る
豊臣秀吉が朝鮮半島を我がものにしようと
一五九八年　佐賀・唐津に築城した名護屋城に
全国の大名と武士を招集して船団を組み
朝鮮半島に乗り込んだが激しい抵抗に遭い撤退
この「朝鮮征伐」の敗北は同政権崩壊の一因となった

「征伐」といえば、日本古代史に於いても
九州征伐　蝦夷征伐　奥州征伐……

「征伐」とは

己は正義　かつ強者で相手は悪の弱者と決めつけ
当時の政権が天皇「朝廷」の権威を旗印として
アジア大陸と周辺の近隣島嶼の国土と人間を
己に従属させようと狙ったものだ

ああ　あの「プーチン」だけではない

今　わが国の権力者の精神構造の中にも
米国と共に核兵器を共有し
他国を攻めようとする行為を
「征伐」との語彙で合理化しようとするか

骸骨男

頭蓋は見えるが内にあるべき「みそ」がない
「みそ」とは《味》のこと

「こと」と「こと」を繋げる人間の
知・情・意が通う管がないのでは
美しいとか　悲しい　汚い　恐ろしい
可哀想とか　嬉しいとか……ふっと涙ぐむ
こころの余白　あんただけの気持ちや詞《ことば》を
初手から持っていなかったのでは……

というより　剥ぎ取られたのだ
《あの世界》に住んでいる間に

田舎の農家さんの息子で
小学・中学から高校　そして大学
青春の血の通った理想や情念を剥ぎ捨て
永年仕えたあの男の血脈を受け継ぎ
「金と権力の濁流」に腐ったドブ河を
無我夢中で泳ぐうちに
あの血まみれの歴史を
「戦後生まれだから知りません……」
なんて平気で言える男になり
ああ　独自の論理と情念を放棄し
（初手からなかった？）

陰の黒幕の顔色ばかりを気にする
骸骨だけの悲惨なカラッポ
操り人形になったのだろう……か

コロナ危機から身を翻し息を潜めている
昨日まであんたがお仕えしてきたあの男
……今はもうあの世の人となった……あの男が
あの頃はほくそ笑んでいたのが
見えなかったか

「醜態」

まさか……手製の銃が放った一発
いや　二発目の銃弾が
巨悪・重厚な遮蔽幕を引っ剝がし
予想不能の肉厚な壁に覗き窓を穿ち
内側の欺瞞をさらけ出す引き金になろうとは

君が自らの手で銃を制作しそれを操作する
そのために必要な情報と部品や技術
銃身・撃鉄・着火などの系統を独自に学び

己の手で操作し完成するまでの過程における
その「懊悩」……神経と肉体の痙攣を
私は想像することができない

過去六十数年来
この国の政権の深奥に根付き流動し続けた
虚偽と欺瞞の汚濁に塗れたまつりごとの
そのしらじらとしたまやかしの教理を
《信仰の自由》との国法に仮託した
霊感商法などの詐欺行為が進行する中で

事も無げに時を過ごしてきた
欺瞞の内幕がこじ開けられ
想像外の真実の姿が暴きだされてきた

今　隠し様のない伝来の自らの虚像の
構造的矛盾に戸惑う政権が
この「醜態」を晒すこととなった現状に
瞼を開いたり閉じたりパチパチさせながら
逃げ道を手探りしている

リズムを変える

その日の空模様や気温が
体調にマッチしそうな時刻を見計らい
農道や団地内を歩くのが
ここ二十数年来の習い

青年期以来　度重なる病で
胃　腸　肺　肋骨　胆嚢などの
一部分を切除後
後期高齢迎え前立腺がんに罹患

残存機能と体調維持のための歩行は不可欠

当初は日に一万歩ぐらいは平気だったが
八十代も後半に向かい急激にペースダウン
今　一回の歩行数は二〜三千歩
距離的には千数百メートル余り
転倒予防のために両手に杖を持ち
ノルディックポール・ウォーキング

その時刻は春・秋は夕食前
冬は午後の寒気が緩むタイミングを狙う
但し夏は夕刻・日没後のころ

ところが　今夏は異常高気温の連続

日没後でも三十五度を越え　歩行途中は
息切れや胸苦しく　鼻腔はむき出しのマスク
簡単に歩行を止めるわけにはゆかぬ
それなら夜明け前の朝の散歩はどうだ
五時半起床　ひんやり涼しい夜明けの農道

ところが歩行時間帯の変更は
一日の行動計画を予想外に狂わせる
生理と情念の急変した一日のリズムを
整えるのは簡単ではない
永年の夜更かし　朝寝坊習慣への反逆は
鉄の壁

コロナ禍の今夏の後半を

新たなリズムで
乗り切れるか……

恐怖の時間が遅々として

下腹だけが膨れ
ベルトもまともに締められず
パンツのゴム紐さえ窮屈な日常
腹が減ったとの感覚がない
食欲もないが何か食わないと
八十路の僅かに残る時間の
日常の暮らしが成り立たぬ

下腹だけが膨らむその膨満感以外は

特に痛みや下痢などの症状はなく
殆ど気にすることはなかったが
主治医にこの下腹を見せると
「『エコー』検査*をしましょう」
と、何気なく言われ
その期日と時刻のメモ紙を渡された

数十年前に総合病院での検査で
「肝臓に蔭がある」と言われ
動く診察台に載せられ
上向き　下向き　横向き　斜め向き
小一時間も肝臓のその部分を見詰められ
結果は「血管腫」と診断

その後は幾つかの病気を経たが
「血管腫」による病変は見られず
今回の「『エコー』検査」の通告は
前立腺がんの転移を疑ってのことか?

ここ数年
前立腺がんの増殖予防のため
定期的にホルモン注射を打っているが
この気になる『エコー検査』までの時間を
如何なる過ごし方で生きるか

恐怖の時間が
遅々として流れる

＊超音波検査

未練

下腹の膨らみが気になるこのごろ
「エコー検査」の結果
たとえば……前立腺がんが肝臓に転移した……
と告げられたとして

「このあと僕はどうなるのでしょうか……」
と　検査後の主治医に問いかけたとすると
「貴方次第だ」と言われるだろうが
私のこの先はどうなるのか見当がつきません

私は肉親の兄弟姉妹六人のなかで
今生きているのは八十八歳の私一人なのです
だから　私がこれからどう生きていけばいいのか
正直に喋ってくれる者がいたら
案外気分は落ち着くのかも知れないのですが

それを求めるのは的外れの
単なる妄執に過ぎないことは解ります
けれどもこんな不確かなことを
うじゃうじゃ考えるのは
やはり生きているこころの震えなのでしょうね

それはそれで
間違ったことでもなさそうなのですが

この「うじゃうじゃ考える」ことについて
罪の意識は持てないのです
ただ分別がつかないのは
息をし　食べ　排泄を続けている
この肉体への寄り懸り
それが「まだ生きていたい……」と何物かに縋りつく

単なる
「未練」でしょう……ね

夢

山の裾野を切り開いたような赤茶けた空き地で
子ども達にソフトボールのシートノックで
捕球の稽古をつけている若い男
それは　まるで球がバットに当らず下手糞に見えたので
「私が交替してやろう」とバットを受けとり
やり始めたが　これがまたまったく球に当らない

?・?・?・?・?・?・?・?・?・?・?・?・?・?・?・?・?

情景は飛ぶ

林の中を動物が走りまわっている　羊？　豚？　猪？
よく見るとその中に
「豹」と思われる薄茶色をした奴がうろうろ

そいつが特に凶暴という感じではなく
目を細めていつの間にか私の傍に擦り寄って来ている
騒いだら危ないと思い知らぬ振りしながら
遠ざかろうと歩き始めると
ぴったりとくっついて一緒に歩いてくる

恐ろしいのでちらとそいつを盗み見ると
瞳孔を細め相変わらずこちらを見詰めている
離れようとするほどに擦り寄ってくる
わたしの手を舐めようとさえする

しかたがないので
どこまでも　どこまでも田んぼの中の道を歩く

????????????????

いつの間にか田舎の高校の同級生が連れとなって
町の中を一緒に歩いている
どんどん歩いている

????　《夢》　????

教えて
これはどんな意味を持つか?
フロイトさん

*

なぜ

なぜ
詩をつくろうとするか
拡散した魂をなんとか
ひとまとめに括ろうとするためか
でないならば
生きる意味と足場をみつけだすためか

明日という時間の流れの行方が見えず
茫漠とした宇宙にすがりつくための

ブイ＊を
投げ与えてもらうためか

ああ　なま煮えの魂を持て余している
わたしよ
生か　さもなくば
詩？？を

＊　ブイ（ｂｕｏｙ）＝浮き輪・浮標

隠れている「ことば」

泉の底の腐葉粘土に包まれ
根源に人知れぬ苦悩を秘めながら
水面には初夏の陽光を浴び
瑞々しい薄紅を添える
あでやかな蓮の花弁
池端の道を辿る人々へ
何気ない清澄な美意識を誘う

水面に伸び上がるしぶとい茎の

先端に広がる濃緑の広い葉群《はむれ》
それらの合間を飾る
あでやかな花びらは粘土状の地層に
逞しく根を張る地下茎
「蓮根」
幾つもの管を囲う分厚い果肉

泥水にまみれて掘り上げ
汚れを洗い落としすぱりと裁断すれば
マグネシウム　カリウム　鉄
蛋白など十幾つもの栄養素を孕み

村人たちが冠婚葬祭に集い
深い悲嘆や喜悦を語り合う座席の

食膳の煮〆には欠かせない食材

口に入れコクッと嚙めば
「うん」と納得する歯ごたえと
安心できる舌触りや
素朴な味が広がり
座に集う人々を納得させる
この　蓮根独特の食感

そこには口では言い表せぬ
静かな安堵の「ことば」が
隠れている

時間の流れを監視せよ

流れるものは生き物の感覚を刺激し
人《生きもの》はそれを感受し認識し反応する

その時間の流れが発する
その速度と圧力や数値
その音韻・温度
その肌触り
その臭いや味わい

人は
その時間の流れが誘発する情念と思惟に戸惑い
己の生存との関り　その意味を知得・認識し
それらが己に如何なる影響をもたらすかを
直感的かつ客観的に判断しようとする

空気　水　光　熱　音　情報……等々
己が存在する地球《宇宙》環境　人類社会の変化
それらの流れや移り行きが
己に如何なる意味を持つか

刻々と流れる時間が己・人類に対して
感覚的かつ客観的な如何なる影響をもたらすかを
直ちに理解し対応する能力を発揮できるか

？・？・？「一寸先は闇」

それらを確実に敏感に予知し己との関係において
それらが富をむさぼるストックホルダー＊の
欲望と卑しい精神構造を監視せよ
デジタル化・マイナ・カード社会の目視不能の
時間の流れの中の事実を見逃すことなく
監視せよ

＊ Ｓｔｏｃｋ ｈｏｌｄｅｒ＝株主最優先主義者

死界への道　（迷い込んだ洞窟の中の歌）

泣きぬれる
笑いこける
怒り狂う
悲しみ恨み喜びや
感激と怨恨の情念も失って

未知の空間を
ただ一人さ迷い続ける
呼吸も声もない

虚空のあがき

血流も体温も失ってしまった
この亡骸は
何一つ音がないその方角に
声なく問いかける
行き詰まった魂の彷徨
何することも求めることはない

ただ
ああ

あんなに拒み続けてきた
〝神〟の

空無のひざに縋りつく虚しさ
その必然の運命？
絶望も混乱も何もない……

そこに至る道筋が
どれほど苦しいか
またどれほど嬉しいか
涙が出るほどの感動を
感受することが出来ないか

沈黙＝世渡り術としての……

口は何のために動かすのだろう

上唇と下唇をひっつけたり離したり
舌を伸ばしたり縮めたり
顎をかみ合わせたり離したり
歯を出したり隠したり
息を出したり吸ったりして
声帯を震わせる

つまりもの言う

ということは
私にとってどんな意味をもつのだろう

もの言うということは
私の命を削りとること以外に
どんな意味も無いのではないか

言葉・「ことば」など
小人《しょうじん》　愚人《ぐじん》が操るものではないのだ

沈黙せよ
そして自らの脳裏に踊り出す
卑しい奴隷を
殺せ

忘れられて

脳幹を掻き毟る今日一日の言動は
根深い痛みを伴いつつ乾燥し
カラカラと鳴り続けるだけの
瘡蓋を残す

もう取り戻す時間もチャンスも
めぐってこない
その乾いた瘡蓋は
この命が尽きればさらに

他者の脳裏と口の端にのぼり
終生の慰みのネタとして
あざ嗤いを招き続けることだろう

もう
誰の援助も弁解も不要
眼をつぶり
耳に蓋をし
皮膚の感触を抹殺しながら
死の刻を待つほかはない

弁解はなし
慰めもなし
援護や助言もなく

死んだ後まで嗤いの対象として
軽蔑され
何時の日か

忘れられてしまうのだ

米寿を前に

米寿を前に
暗い底の見えない穴を覗いている
現世《うつしよ》の縁《えにし》に縋りついて落ちていく自分を
支えるものは何もない
落ちるのだ
そして
その穴の底に落ちつくには
どれだけの時間を要するかが気になる

まったく見えない穴の中へと
猛スピードで落ちてゆく距離や
その瞬間の風景は
どんなものか
途中でなにかにひっかかったりするか

いや
そんなことはありえない
その時間帯の景色などを感じ取る神経など
どこにもないのだ

そして
この命の実態が消滅していく場所など
どこにも見えないのだ

ベッドに横たわり眠りについても
脳裏のどこかが覚めているのか
どうか……も　解らない

後で思い出すこともないのに
必死に何かにつかまらなければ……と
手探りする自分の意識を失わないように
奥歯をかみ締めながら瞑目し

ただ　生きようと
妄想するだけなのだ

冷たい時間

冷たい時間が通り過ぎていく
なんの関りがあるものか
ただ　しらじらとした気分が通り過ぎていく
それしかないことを察知すれば
それが唯一の時間だ

手足が冷たい
心が冷たい
懐が冷たい

男も女も冷たい
風が冷たい
地球も空も太陽も冷たい
もっと冷たいのは　今
僕の「こころ」が

空調機で体温を保てる
電気やガスがあるから部屋も明るい
風呂も洗濯もキッチンもスイッチ一押し
行けるのだ　どこまでもクルマや飛行機や
クルーザーやロケットや宇宙船で
地球だけでなく未知の星までも

だけど　CO_2が地球を蓋い

平均気温の上昇による気候変動や
核廃棄物の捨て所がない
十八世紀第一次産業革命以来の温暖化……
「気候変動」へと　そして今
人類を未知の恐怖の淵に突き落とす「コロナ」

「デジタル時代に備えケータイやスマホや
Ｐ・Ｃの買い替えを」
「生産性だ！　経済優先だ……」との叫び声が
ぼくの冷たいこころと懐を震わせる

勝ち抜いた後に何が残る？
冷え冷えとした時間の彼方に
何が見える？……

「あとがき」に替えて

今回の詩集の原稿を出版社に送る前に「あとがき」を書かなくては、といろいろ考えてみたが、これまで出版した十数冊の詩集では、それぞれに、似たようなことを書いてきたように思い、「今回はなにを、どう書こうか」と、ＰＣに向かい思い悩んだが、その瞬間、思考方向が逆転。

不意に聴きたくなった「ベートーベン」のピアノソナタ「№８＝悲愴」
《演奏・ウィルヘルム・ケンプ》

この曲のＣＤをステレオ・デッキに装着して音源を強める。

山頂に降り溜まった水は、岩だらけの谷に溢れ、岩石を乗り越え、ついには巨大な岩壁にぶち当り、一瞬にしてその壁を押し倒した、巨大な水の塊は、百メートルの谷底へ落下する。

この情景を、オクターブを超える半音階により、すばやく、しなやかな連続下降音で表現する――

そして底を打った水は悠々と流れていく……

この曲の情熱と迫力に圧倒され、女々しく逡巡する己の思考力、と今後の方向性に戸惑うひと時。

そして、また。

さらに昨日夕刻（二〇二二年十一月八日）午後六時過ぎごろから始まった天体の現象。夕暮れの東の空に浮かんだ満月が、見る間に消え始め、ぼんやりと暗い「まん丸」な茶褐色の影に変貌する。そして再び明るい光に満ちた満月が顔を出す。この皆既月食は天王星をも飲み込んだもので日本では四百四十二年前に見られたものらしい。冷え込んだベランダで妻とともに眺めたひと刻。

このような強烈偉大な人間の精神、または人間の力ではどう動かすことも出来ない自然界の現象。

……………

「あとがき」を書く心算だったが、このような「迫力と情熱」や、人間の能力では、いかんともしがたい現象を体感するなかで、自称詩人の詩集の「あとがき」に何を書こうと、だれも気にするものでもあるまい。

おだ じろう

二〇二二年十一月九日

著者略歴

おだ じろう

１９３４年　福岡県生まれ

既刊詩集

『流域』　１９８６年（詩人会議出版）
『愚者の踊り』　１９９６年（葦書房）
『閉ざされた季節』　１９９７年（葦書房）
『宗像から』　１９９９年（アピアランス工房）
『夜の散歩道』　２００１年（私家版）
『水辺の記憶』　２００４年（私家版）
『増補改定　水辺の記憶』　２００５年（知加書房）
『ほろぼさないで』　２００７年（アピアランス工房）
『かわたれ星』　２００９年（アピアランス工房）
『径』　２０１１年（鉱脈社）‥【福岡市文学賞】
『ＵＮＥＲＵ《うねる》』　２０１３年（石風社）
『沈黙』　２０１５年（鉱脈社）
『おだ じろう全詩集　Ｆａｌｌ＆Ｒ・ｉｓｅ《倒れる、起き上がる》』　２０１６年（土曜美術社出版販売）
『落日の思念』　２０１７年（鉱脈社）‥【福岡県詩人賞】
『束ねられない』　２０１９年（土曜美術社出版販売）
『この一年』　２０２０年（私家版）
『落穂のモノローグ』　２０２２年（鉱脈社）
『福岡県先達詩人顕彰』　２０２２年（福岡県詩人会）

現住所　〒８１１―３４１５　福岡県宗像市朝野45―１　（田中 方）

詩集　八十路《やそじ》をうたう

発　行　二〇二三年四月十五日

著　者　おだ じろう
装　丁　森本良成
発行者　高木祐子
発行所　土曜美術社出版販売
〒162-0813　東京都新宿区東五軒町三—一〇
電　話　〇三—五二二九—〇七三〇
FAX　〇三—五二二九—〇七三二
振　替　〇〇一六〇—九—七五六九〇九
印刷・製本　モリモト印刷
ISBN978-4-8120-2749-3　C0092